AF468306

LE MUSÉE
DES SOUVERAINS

IMPRIMERIE J. CLAYE
RUE SAINT BENOIT 7
LABOR
PARIS

LE MUSÉE

DES

SOUVERAINS

RÉMINISCENCES CLASSIQUES

PAR

M. L. JOLIET

Ancien Magistrat

PARIS

J. CLAYE, IMPRIMEUR

RUE SAINT-BENOIT

1875

LE MUSÉE

DES SOUVERAINS

LE DUC.

Restez dans ce palais, vous y verrez ma gloire.

SÉNÈQUE.

Moi! de mon vieil ami je perdrais la mémoire!

LE DUC.

Non : je ne vous veux pas contraindre à l'oublier.

SÉNÈQUE.

Je vois tous vos journaux prompts à l'injurier.

TIMON D'ATHÈNES.

Les honneurs près de nous vous chercheront en foule.
Le bonheur des méchants comme un torrent s'écoule.

BURRHUS.

Ces méchants quels sont-ils?

LE DUC.

Ah! monsieur, excusez
Un professeur.

BURRHUS.

Du moins ceux que vous accusez
Sont-ils des pétroleurs, et leur ressemblerais-je?

LE DUC.

Je ne dis pas cela; mais, cependant, disais-je
Hier encor à quelqu'un dont je tairai le nom,
En lisant un message écrit à sa façon,
Qu'il faut qu'un galant homme ait toujours grand empire
Sur les démangeaisons de parler ou d'écrire.
Qu'il doit tenir la bride aux grands empressements
D'amis qui font éclat de tels amusements.
Le secrétariat de lettres nous assomme,
Et son zèle suffit pour décrier un homme.
Je lui mettais aux yeux ceux que de notre temps
Les flatteurs ont perdus près des honnêtes gens.

BURRHUS.

J'ai poussé la vertu jusques à la rudesse :
C'est par là que Burrhus est connu dans la presse.
Je parlerai, messieurs, avec la liberté
D'un grognard qui sait mal farder la vérité,

A la droite quinteuse, à la gauche rebelle,
Vous l'avez, en dormant, tantôt échappé belle.
Comme autant de pavés, quand cent pétitions
Vinrent choir au travers de vos commissions,
J'ai combattu pour vous, imprudents que vous êtes,
Et d'un coup de boutoir écarté de vos têtes
La dissolution.

DE TOUS LES CÔTÉS DE LA CHAMBRE.

Moi je ne la crains pas.
Ni moi.
Nos électeurs ne sont point des ingrats.

UNE VOIX AU CENTRE.

Les vents me sont, monsieur, moins qu'à vous redoutables,
Je plie et ne romps pas.

UN POËTE JACOBITE.

Soldats inébranlables
Du devoir, nous offrons nos bras et nos serments
Au roi.

BURRHUS.

Les bulletins et les flots sont changeants.
La chambre, ma maîtresse, assez souvent varie.
Au comité des trente est bien fol qui se fie.

LE DUC.

De ce même Sénèque et ce même Burrhus
Qui depuis... l'Assemblée estimait les vertus.
Mais ils ont provoqué l'éclatante disgrâce
De ce bourgeois altier dont j'occupe la place,
Lorsque nos sept cents rois, enflammés de dépit,
L'ont chassé de son trône et couché dans son lit.

ALCESTE.

Ses amis ne l'ont pas banni de leur pensée;
Il régnera longtemps dans leur âme offensée.
Aux bancs du centre gauche il vous faudra chercher
Quelque nouvel objet qu'on puisse en détacher.
De trois négations faire une affirmative
Dépasse les efforts d'une imaginative
Qui ne le cède en force à personne à ce jeu
Où Bertrand et Raton, tournant autour du feu,
Voient les marrons brûler sans allonger la patte,
Quand de les croquer seul l'un des galants se flatte;
Où, pour sa majesté l'empereur très-prussien,
On travaille en faisant beaucoup de bruit pour rien.
Des coalitions c'est l'effet ordinaire,
Et tous ne font rien moins que ce qu'ils ont à faire.
Nous voyons en tout lieu votre exemple suivi,

Et par ses serviteurs le pays mal servi.
Le moindre substitut du droit chemin s'écarte :
L'un rêve à Henri V, et l'autre à Bonaparte.
Et, lorsque je demande un chemin vicinal,
Mon nouveau sous-préfet répond : Ordre moral.
Fût-il sur tous les points d'une ignorance extrême,
Ordre moral dit tout : comme tarte à la crème.
Un bon vieux serviteur au moins était resté,
Qui de ce mauvais air n'était point infecté;
Il voulait le repos pour la grande blessée
Sans pouls et sans haleine entre ses mains laissée;
Et voilà qu'on le chasse avec un grand fracas
A cause un jour qu'il manque à parler de combats.
Je vous le dis tout net : tout ce train-là me blesse;
Car c'est, monsieur le duc, à vous que je m'adresse.

LE DUC.

Vous seul rompez les nœuds qui l'attachaient à nous.
Allez, je ne crains pas votre impuissant courroux.

UN JACOBIN.

Rendez grâce au seul nœud qui retient la colère
Du peuple : c'est celui d'un brave militaire.
Peut-être sans ce nom les trois fils de vos rois

Oseraient nous braver pour la dernière fois.

VOIX DU CENTRE.

La France se confie à la vaillante épée
Dans le sang allemand à Reischoffen trempée.

PHILINTE.

On sait qu'à la façon dont cet homme a vécu,
Les vainqueurs sont jaloux de l'honneur du vaincu;
Mais si l'on ne voit plus nos campagnes couvertes
De Germains que la guerre enrichit de nos pertes,
Des biens des nations ravisseurs altérés,
Au bruit de nos trésors sur ces bords attirés,
C'est l'œuvre d'un vieillard envié de Versailles,
S'occupant des beaux-arts, racontant nos batailles,
D'un empire croulant la gloire et le soutien,
Orateur, philosophe...

NÉARQUE.

Et fort mauvais chrétien.

PHILINTE.

Que vous importe? A-t-il en ses mains incertaines,
De l'État ébranlé laissé flotter les rênes?

UN CHEVAU-LÉGER.

Dans le fond de mon cœur on sait que je le hais.

PHILINTE.

Voudrait-on s'affranchir du joug de ses bienfaits?

UN ORANGISTE.

Un bienfait reproché tint toujours lieu d'offense;
Nous voulons moins d'esprit et plus d'obéissance.

AU CENTRE DROIT.

Il avait, trop habile à glisser dans nos doigts,
Décousu les fils blancs d'un appareil chinois.

MARIUS.

Il abusa beaucoup, magistrat d'une année,
De son autorité passagère et bornée.

A L'EXTRÊME DROITE.

S'il en avait usé, vous seriez dans les fers,
Vous, l'éternel appui des citoyens pervers.

UN BURGRAVE.

Il écrasa dans l'œuf notre aigle impériale.

LUSIGNAN.

Il écarta des lys la bannière royale.

LE DUC.

La faveur d'un vain peuple, aujourd'hui notre roi,
L'élevait en un rang qui n'était dû qu'à moi.

CLITANDRE.

Il était mal en cour près des belles marquises.

ORGON.

Je ne m'aperçois pas qu'il hante les églises.

A GAUCHE.

Tout allait-il si mal?

ORGON.

Tout en irait bien mieux
Si l'on se gouvernait par nos conseils pieux.

CLÉANTE.

Il ne ressentait pas ces haines vigoureuses
Qu'inspirent les méchants aux âmes généreuses,
Et fut trop débonnaire envers les radicaux,
Ces pelés, ces galeux, d'où viennent tous nos maux.

LE PRÉSIDENT.

Ce mot aurait suffi sans ce torrent d'injures.

AUX CHEVAU-LÉGERS.

Ces mots, pour ces gens-là, sont-ce des impostures?

LE PRÉSIDENT.

Soyez parlementaire.

UN CABOCHIEN.

Oui! de leur suite j'en suis!
Oui, je suis un bandit. Comtes, ducs ou marquis,
Dans tous nos différends nous prendrons pour seul juge
Le scrutin.

A DROITE.

Du terrier qui vous sert de refuge
Nous boucherons les trous.

UN BURGRAVE.

Gardez-vous de toucher
Au vote universel. Au lieu de la boucher,

A part.

Élargissez l'issue... et tendez-y des poches.

LE DUC.

Ne nous affligez plus par d'injustes reproches.
Unis pour mettre un frein à la fureur des flots
Et du radicalisme étouffer les complots,
Sur la religion, seule base solide,
Vous voulez comme nous asseoir la pyramide
Dont tous nos ennemis ensemble conjurés
Sapent les fondements encor mal assurés.
D'adorateurs zélés à peine un petit nombre
Osa des anciens jours nous retracer quelque ombre :

Le reste pour son Dieu montre un oubli fatal,
Ou même, s'empressant aux écoles du mal,
Se fait initier aux dangereux mystères
D'une vaine science inconnue à nos pères.

PANGLOSS.

Vous en voulez beaucoup à ces pauvres savants.

UN MINISTRE.

Les sots savants sont sots plus que les ignorants :
Ils savent comment vont lune, étoile polaire,
Vénus, Saturne et Mars, dont je n'ai point affaire ;
Et dans ce vain savoir, qu'on va chercher si loin,
Comme un mauvais bâton qu'on laisse dans un coin,
Comme un épais manteau dont l'épaule est blessée,
Ils rejettent loin d'eux toute sainte pensée.
On en a vu plus d'un, ne croyant plus à rien,
Se brûler la cervelle et crever comme un chien,
Ou, reniant la croix, faire à l'heure suprême,
De la tombe un défi, de la mort un blasphème.
Le peuple, enfant cruel qui rit en détruisant,
Et ne prouve jamais sa force qu'en brisant,
Entraîné par l'instinct de son brutal génie,
Commente leurs leçons par le meurtre et l'orgie.
Arrachant de son cœur la foi du charbonnier,

Vous lui laissez un Dieu qu'on ne sait où prier.
Face à face avec Dieu la science se pose
Dans nos enseignements contrôlant toute chose.

JAPHET.

Et ce qu'elle contrôle est fort bien contrôlé...

NÉARQUE.

Pour nous conduire au bien qu'a-t-elle révélé?

JAPHET.

Des semis de soleil, lumineuse poussière,
La science a pesé l'impalpable matière;
De toute la nature elle nous a faits rois,
Rois tenus d'obéir à d'immuables lois.
L'homme est puissant par elle.

NÉARQUE.

Est-il heureux?

POSITIVUS.

Peut-être,
S'il borne ses désirs à ce qu'il peut connaître,
Voir, toucher et sentir. Dans ses réflexions,
Que lui sert d'agiter ces vaines questions :
D'où vient l'homme, où va-t-il, que fait-il sur la terre?
Questions sans réponse.

NÉARQUE.

Adorable mystère!
Immortelles clartés!

POSITIVUS.

Nuit sombre où de Pascal
La raison se brisa dans un cercle fatal.

JOAD.

Vous ôtez le haillon qui cachait les ulcères
De Job...

POSITIVUS.

C'est mon devoir. En tout soyons sincères,
Ne jouons pas, messieurs, avec la vérité;
Que son noble drapeau par tous soit respecté;
Qu'il ne couvre donc plus les vaines théories
De l'évolution ou des théogonies,
Les dogmes révélés, les systèmes abstraits.
La science a pour but d'enregistrer les faits;
Rien de plus.

JOAD.

Aux leçons d'un froid positivisme
Nous opposons un livre, et c'est le catéchisme.

POSITIVUS.

Opposez-le, monsieur, mais ne l'imposez pas.

UN MINISTRE.

Vous voyez qu'un abîme est creusé sous nos pas;
Que Darwin...

POSITIVUS.

Je n'ai point à décider la chose.

ORGON.

En votre nom pourtant au public on l'expose;

CLITANDRE.

Le *Figaro* l'a dit : l'auguste vérité
Répand sur ses écrits sa force et sa clarté.

POSITIVUS.

Pour moi...

UN MINISTRE.

Si ce n'est vous, monsieur, ce sont vos frères.
Chez Hippocrate, on dit qu'on ne m'épargne guères.
On sait tout en Sorbonne, hors ce qu'il faut savoir.
Les secrets les plus hauts se laissent concevoir;
Nulle science n'est aujourd'hui trop profonde,

Et l'on sait mieux que Dieu l'origine du monde.

JOAD.

L'homme est un roi tombé qui se souvient des cieux,
Et vous iriez chercher ses grotesques aïeux
Dans un protozoaire, une huître..., quelle honte!

LUCRÈCE.

Quand les fils de Noé descendent, l'huître monte.
On ne fait pas son père : il faut bien, s'il vous plaît,
L'accepter riche ou gueux, beau, grand, petit ou laid.
L'éternelle nature, au sein du premier être,
De tout ce qui vécut, de tout ce qui doit naître,
Enveloppa le germe, informe rudiment,
Ébauche de la vie à son commencement.
A la loi du progrès elle a, toujours fidèle,
Sans jamais le briser, achevé son modèle.
Raccourcissant ses bras, allongeant son cerveau,
Le singe se fit homme.

ORGON.

Oui, c'est un beau museau!
Vous ne démentez point une race funeste;
Oui, vous êtes le sang d'un orang.

LE PRÉSIDENT.

Le Digeste,

« De vi paragrapho, messieurs, caponibus, »
A manifestement, et pour cause d'abus,
De la paternité prohibé la recherche.
Que l'ancêtre commun marche à deux pieds, qu'il perche
Ou nage, ce débat sort de la question;
Laissez là le déluge et la création.
S'agit-il d'un chapon?

PLUSIEURS VOIX.

Non : mais d'un ministère.

LE DUC.

Je me suis aperçu, messieurs, étant par terre,
Que nous avions tantôt du point fixe écarté
Ce que nous appelons centre de gravité,
Et qu'il faut asseoir mieux l'axe parlementaire.

CHRYSALE.

Le moindre grain de mil ferait mieux mon affaire.
Vos discours éternels ne me contentent pas,
Et, hormis la buvette à prendre nos repas,
Vous devriez brûler tout ce meuble inutile,
Laisser la politique à nos sergents de ville;
Oter, pour faire bien, du bureau de céans,
Cette grande sonnette à faire peur aux gens;

Et cent brimborions dont l'aspect importune;
Écouter un peu moins les bavards de tribune,
Et vous occuper plus de ce qu'on fait chez nous,
Où nous voyons aller tout sens dessus dessous.
C'est bien ici vraiment la tour de Babylone,
Car chacun y babille et tout le long de l'aune.
Je sors de ce palais fort mal édifié :
Dans toutes mes leçons j'y suis contrarié.
Je veux, mes chers amis, que le diable m'emporte
Si je ne vous mets pas tous ensemble à la porte :
Digne fils d'un héros, quand il sera majeur,
Mon prince, en vous croquant, vous fera trop d'honneur.
La morale toujours fut dans la réussite,
Et l'on se débarbouille avec un plébiscite.

LE DUC.

Décembre est à vos mains cette tache de sang
Que n'effaceront pas les flots de l'Océan.

UN BURGRAVE.

Un vote efface tout.

MARIUS.

Tout, excepté le crime.

UN BURGRAVE.

De la France l'empire est le fils légitime.

UN CHEVAU-LÉGER.

Il n'est pas légitime; il est légitimé
Par un arrêt menteur par la Chambre infirmé.

UN BURGRAVE.

L'arrêt rendu par vous n'est pas en bonne forme :
Devant les électeurs je prétends qu'on informe.
Je veux l'appel au peuple et je m'inscris en faux,
Je dénonce l'enquête et les procès-verbaux.

LE PRÉSIDENT.

Que voulez-vous, monsieur?

UN BURGRAVE.

L'empire autoritaire.

AU GROUPE DE L'APPEL AU PEUPLE.

L'empire libéral.

AU CENTRE.

L'essai parlementaire.

A DROITE.

El re netto.

AU CENTRE DROIT.

Le roi constitutionnel.

AU CENTRE GAUCHE.

La république au sucre,

MARIUS.

Avec un peu de sel,
Sel attique.

LE PRÉSIDENT.

Voilà bien instruire une affaire,
Et la conclusion est pertinente et claire.
Poursuivez, orateur, posez la question,
Non sur le *jus ad rem*, mais sur la possession.
Plaidez sur le dépôt, acte conservatoire,
Qui, sans rien préjuger du chef du pétitoire,
Maintient le provisoire.

LUSIGNAN.

Ah! quel grimoire affreux!
Dans ce triple gâchis, sans patauger, je veux,
En vrai Breton, marcher droit au but.

LE PRÉSIDENT.

Je l'accorde,
Mais ne passez jamais place de la Concorde;
A ne point dévier les gens trop obstinés,
Y feraient une chute à se casser le nez.

RODRIGUE.

Tel, en dissimulant son nom et son enseigne,
Cuide engeigner autrui qui bien souvent s'engeigne.
Serviteur dévoué, fussé-je seul, c'est moi
Qui réclame l'honneur de proclamer mon roi.

LE DUC.

Ah! ne me brouillez pas avec la république,
A la bien étriller on sait que je m'applique.
Mais le mot seul nous vaut, à ne vous rien céler,
Trente voix, et c'est bien la peine d'en parler.
Sans cet appoint fâcheux, d'un jour de délivrance
Qui rendra sa cocarde et l'honneur à la France,
Rien ne reste.

PHILINTE.

Au sommet d'un chemin malaisé,
Sablonneux et montant, aux uhlans exposé,
L'attelage soufflant avait traîné le coche,
Quand des mouches l'essaim en bourdonnant s'approche
Pour le salut commun, et vous le savez bien,
Un seul homme a tout fait et vous tous moins que rien.

UN MINISTRE.

Ciel! pouvons-nous entendre et souffrir ce langage?

D'un ministre tombé le dépit nous outrage,
Tant un portefeuille a de merveilleux appas.

PHILINTE.

Aussi voit-on, monsieur, qu'il ne vous déplaît pas.

JOAD.

Quoi ! des libres-penseurs ne vois-je pas le prêtre?
Vous fils du bon Rollin, vous parlez à ce traître!
Vous souffrez qu'il vous parle et vous ne craignez pas
Que le parvis sacré ne s'ouvre sous vos pas!
Lui l'ennemi des vers, l'opprobre du Parnasse!
Ah! pour l'amour du grec, permettez qu'on le chasse.
N'avait-il pas hier écrit sur son chapeau :
C'est moi qui suis Guillot, berger de ce troupeau,
De ce troupeau que j'aime et veux, quoi qu'on en dise,
Préserver du latin des Pères de l'Église
Et des piéges menteurs de l'incrédulité
En dérobant son sang à l'Université.
Au sac fourré d'hermine où Scapin s'enveloppe,
Je ne reconnais plus le théophilanthrope,
Cet ami de la paix dont le discret courroux
Désarmait notre bras et suspendait nos coups.

MÉLANCHTHON.

La vengeance aux vaincus ne fut que trop sévère,

Mais que la cruauté survive à la colère;
Que, malgré la pitié dont on se sent saisir,
Dans un sang même impur on se baigne à loisir.

ORESTE.

Oubliez-vous nos murs que la flamme dévore?
Nos femmes et nos fils s'en souviennent encore.

MÉLANCHTHON.

Voyez ses chefs proscrits, et pouvez-vous songer
Qu'aujourd'hui la Commune aspire à se venger?

ORESTE.

Pensez-vous arracher du cœur des prolétaires
La sottise, l'orgueil, l'envie héréditaires,
La haine enracinée au milieu de leur sein,
Qui leur mit contre nous les armes à la main?
Leurs votes sont un cri de révolte et de guerre.
Deux ans déjà passés, une horde étrangère
Insultant à nos maux, voyait du haut des forts
La Colonne crouler; sans pitié, sans remords,
Lorsque Paris sur soi renversait ses murailles
Et de ses propres mains déchirait ses entrailles,
Sous ses débris fumants il fallait l'étouffer.
Coupez l'arbre mauvais.

PHILINTE.

J'aime mieux le greffer.

ORESTE.

Ne vous souvient-il plus de nos saintes victimes?
Du milieu de mon peuple exterminez les crimes;
Rompez, rompez tout pacte avec l'impiété!
Le sang des martyrs crie et n'est pas écouté!

PHILINTE.

Je voudrais, pour ma part, n'exterminer personne.

JOAD.

Des méchants croyez-vous que la haine pardonne?

MARIUS.

Ceci peut s'appeler Dialogue des Morts.
Un bulletin vengeur vous mettra tous dehors;
Attendant que sur vous sa fureur se déploie,
Le fossoyeur est là qui réclame sa proie.

SEM.

Pour moi, vous le savez, né du sang d'Israël,
J'ai servi le veau d'or ainsi que l'Éternel.
L'intérêt de la rente est le seul qui me touche,
Et le Crédit foncier parle ainsi par ma bouche :

Lorsque vous balconnez, au sortir d'un repas,
Le sol financier tremble au seul bruit de vos pas.

SOSIE.

Ainsi que Mahomet allant à la montagne,
Vous avez fait, mon cher, une sotte campagne;
Vous avez dételé le cheval de renfort
Et cassé le brancard en le tirant trop fort.
Vous avez, pour chasser la mouche monarchique,
Sous le pavé de l'ours tué la république.

MARIUS.

Rien n'est plus dangereux que d'imprudents amis.
Je sais trop à quel point on est bête à Paris.
Un jour je couperai cette queue indocile
Dont j'emboîte le pas, car je suis chef de file.
Ses avis sont fort bons à suivre de tout point,
Mais on trouvera bon que je n'en use point.
J'ai trouvé quelquefois l'universel suffrage
Un colis explosible, un encombrant bagage.
Je ne l'abolis pas; mais d'un vote épuré
J'avais de ma grandeur fait le premier degré.
Connaissez Marius, que la Chambre m'écoute :
Je suis ambitieux : tout homme l'est, sans doute;
Mais jamais dictateur, avocat, citoyen,

Ne conçut un projet aussi grand que le mien.
Chaque couche à son tour a régné sur la France,
Par la guerre, les arts, surtout par la naissance.
Le temps de nos amis est à la fin venu.
Aux faveurs du budget tout un peuple inconnu
Dans les estaminets laissait dormir sa gloire,
Lorsque j'ai cru le jour marqué pour la victoire,
Quand ma voix soulevait des bataillons épars,
J'ai dans les hauts emplois taillé de larges parts.
Toutes les dignités qu'ils m'avaient demandées,
Je les leur ai sur l'heure et sans peine accordées.
Je ne m'en repens pas : mon pauvre Pipe en bois
Vaut bien tous ces gommeux qu'estime le *Gaulois;*
Qui, pour ambition, pour vertu singulière,
Excellent à lancer un rat dans la carrière,
Se donner en spectacle aux fauteuils d'Opéra,
A disputer le prix d'une indigne Cora;
Ces témoins énervés de notre décadence,
Dont les petits journaux font toute la science,
Qui, sur le boulevard aux grands exploits nourris,
N'ont pu rien oublier, car ils n'ont rien appris;
C'est là de nos débris l'épave vile et morte
Que le flux apporta, que le reflux emporte.
Nous reviendrons au port, de nouveau soulevés

Par le dégoût qu'on a pour les petits crevés.

SOSIE.

Grâce à toi, nos malheurs passent notre espérance.
Pour louer le destin de sa persévérance
Nous avons trop souffert.

MARIUS.

Pour avoir résisté,
Louis est grand aux yeux de la postérité.

SOSIE.

Villars sauva la France, et toi tu l'as perdue.

MARIUS.

Eh! n'est-ce pas assez de l'avoir défendue
Quand, spectacle d'horreur! par les fautes des rois,
J'ai vu tant de Français égorgés à la fois?
Je n'aurai pas du moins, à cette aveugle rage,
Rendu meurtre pour meurtre, outragé pour outrage.
Qu'ai-je à me plaindre, moi? Les Prussiens dans Cahors
Ont-ils pris ma pendule, enlevé mes trésors?
Pour sauver vos châteaux j'ai livré vingt batailles
Avant que vous fussiez assemblés dans Versailles.
Oui, seul, j'osai lutter contre le roi des rois :
La France s'en souvient encor. Sa grande voix

Saura se faire entendre, et, croyez ma parole,
Me rendra dans trois mois au pied du Capitole.

SOSIE.

Je ne sais pas prévoir les malheurs de si loin.

LE DUC.

Dieu ne laisse jamais ses enfants au besoin :
Aux petits des oiseaux il donne leur pâture,
Et ma bonté vous garde une sous-préfecture.

Nogent-le-Phaye, [illegible]

Paris. — J. Claye, imprimeur, 7, rue Saint-Benoît — [1011

www.ingramcontent.com/pod-product-compliance
Ingram Content Group UK Ltd.
Pitfield, Milton Keynes, MK11 3LW, UK
UKHW020530230726
13925UKWH00005B/2261